Relatos da mente, alma e coração

Renata Teixeira Tavares

Porto de Idéias Editora

São Paulo, 2012

Relatos da mente, alma e coração
Renata Teixeira Tavares

Coordenação editorial: Silvana Pereira
Projeto Gráfico e Capa: Ieda Yumi Assano

Dados Internacionais de Catalogação na Publicação (CIP)
(Câmara Brasileira do Livro, SP, Brasil)

Tavares, Renata Teixeira
Relatos da mente, alma e coração / Renata Teixeira Tavares. -- São Paulo : Porto de Idéias, 2012.

ISBN 978-85-8061-028-4

1. Poesia brasileira I. Título.

12-08529 CDD-869.91

Índices para catálogo sistemático:
1. Poesia : Literatura brasileira 869.91

Rua Perdões, 101 - Aclimação
São Paulo - SP - 01529.030
Tel./ Fax (11) 3884-3814
portodeideias@portodeideias.com.br
www.portodeideias.com.br
twitter.com/portodeideias

Dedico à minha querida vó Cordilina, que partiu cedo da minha vida, mas me deixou de herança o dom de colocar no papel meus sentimentos.

Ao meu avô Pedro, a quem mal conheci, mas o sinto presente a todo instante, e que me deixou de herança o amor aos livros e à literatura.

Aos meus avós maternos, Marinede e Sebastião, que já partiram, mas a saudade será eterna.

E aos meus pais, por terem me ensinado a ser forte, mesmo nos momentos de maior fraqueza.

Fico triste quando alguém me ofende, mas, com certeza, eu ficaria mais triste se fosse eu o ofensor. Magoar alguém é terrível!

Chico Xavier

Ser ou não ser, eis a questão. O que é mais nobre a ser feito: deveríamos sofrer as pedradas e flechadas de um destino ultrajante, ou lutar contra um mar de problemas, e combatendo-os, dar-lhes fim? Morrer, dormir, nada mais. E um sono acaba com todas as dores do coração e os mil golpes que a vida nos dá. Mas aqui há um problema também, pois ninguém sabe os tipos de dificuldades que poderemos ter depois da morte. E é isso que nos faz suportar a vida. Enfrentamos todo o orgulho dos outros, rejeição no amor, insultos de nossos superiores. Carregamos todos esses fardos pesados porque temos medo do país desconhecido de onde nenhum viajante retorna. O medo da morte nos faz covardes, nossas consciências nos fazem fracos. Ações que deveriam ser executadas acabam por tomar a direção errada.

William Shakespeare, *Hamlet*.

Sumário

Hipócritas descoraçados

A tristeza nos sonda
Persegue
Invade
Quem será forte para evitar?
O amor?
Mas onde encontrar?
A escuridão me persegue
Fere
Habitada nela não consigo acreditar
Nesse sentimento
O chamado amor

Os olhares gelados
Que me olham
Amedrontam-me
Julgam-me
São hipócritas
Não querem saber
Não se importam
Com o que sinto
Quem sou
Apenas devoram-me
Criticam-me

Como fugir?
Para onde ir?
A realidade me assombra
Arrepia
Não posso temer
A coragem é o meu equilíbrio
Minha única estrutura

23/05/1998 19h33min

Pátria mãe

Terra que luzi
Que esplende
E acende estrelas no céu do mundo
Terra fortaleza
Por mais que tenha passado por mudanças
Não se tornou um apículo
Tornou-se uma nação ínclita
Divina
Cheia de mistérios a desvendar
Utopia desenhada por mãos divinas
Não possui danos
És perfeita
Paraíso mágico
Canto privilegiado do mundo
Solo abençoado
Que nos torna inspirativos
Hipnotizados
Atraídos
Enfeitiçados
Eternamente enraizados

08/03/1999 15h13min

Teu par

Viver por viver
Mas no fundo irá prevalecer
A esperança de te ter

Meu par desconhecido
Aquele que irá me completar
Será que existes?
Onde te encontrar?
Está além do infinito
Ou posso te enxergar?

Será que sonhas em me encontrar
Como teu par?
Será que deitas na calada da noite
E tentas me imaginar?
O amor está perdido
Mas talvez seja cedo para afirmar
Quando
Nas estradas da vida
Iremos nos esbarrar?

Se realmente existes
Minha doce ilusão
Que reacende meu coração
Por que não apareces?
O que o destino ainda quer provar?
Por que ainda insiste em interferir?

Porém se existes
Irei te encontrar
Neste dia
Largarei a realidade
Darei asas ao sonhar
É a única forma de a felicidade chegar
E nunca terminar

13/09/1999 19h37min

Confiança

Quando menina
Aprendi a confiar
Pensei que era a melhor lição que tivera na vida

O tempo passa
As escadas desaparecem
Desabei
Comecei a andar no chão
Sem subir degraus
Caí

De medo e solidão
Chorei
Com muita garra
Saí

Conheci blocos de pedra
Tentavam bloquear meu caminho
E através do desespero
A depressão
Conheci

Aos poucos
Percebi
Que a minha maior lição
Trouxe-me essa dor
De decepção
Morri

De amor e consolação
Ressuscitei
E estarei viva
Até a próxima morte
Na esperança de um mundo honesto
Sincero
Espero
Almejo
Mas não me desequilibro

Através da força
Elevo
E espero

07/06/2000 20h27min

Tuas garras

Chegaste assim tão de repente
Sem avisar
Pegou-me de surpresa
Com mistério no ar
Agarrou-me com o teu beijo
E dessas garras
Tão cedo
Não quero me largar

Teu abraço tem o conforto da aventura
Ai que loucura te abraçar!
Com o teu toque sinto o teu carinho
Que rapidinho me desmancha
E mantém-me calada
Pois perco o falar

Teu olhar então me assassina
Domina-me
Chega até a me conquistar
Quando te beijo
Desejo tanto que o mundo pare
E que tu me agarres
Sem previsões de me largar

Que liberdade deliciosa
De nos teus braços voar
Um dia talvez acabe
Mas até ele chegar
Espero muito aproveitar

Já não vejo a hora
De novamente te encontrar
Aproveitar essa loucura
A qual nenhum minuto
Paro de pensar

13/07/2001 20h21min

A caverna

Caverna Escura
Fria
Vazia
A tristeza rodeia
A sufoca

Ninguém quer entrar nela
Mas acabam sendo empurrados
E trancados
Alguns conseguem fugir
Libertam-se
Outros apodrecem ali

Todos tentam escapulir
Mas é inútil
Não há como resistir
Não adianta chorar
Nem implorar
Antes de abrir os olhos
Enxergarás a escuridao
E temerás ao sentir congelar teus ossos

Ninguém é forte o suficiente para evitar
Somente os íntegros
E os destemidos
Só os que carregam dentro de si
O amor

10/10/2001 11h33min

A cela

Tão difícil compreender
Questiono-me a todo instante o porquê ainda penso em você
Seu olhar aparece no meu inconsciente
Sem permissão
Descontrolando tudo aquilo que foi sempre tão sereno
Sólido
Insucumbido
E todas minhas reflexões finalizam-se em seu rosto
Em nossas conversas
Suas palavras transitam nas lembranças
E as lembranças explodem por dentro dominando cada espaço
Cada sentimento
Todos os sentidos
E novamente encontro-me na mesma cela
Vazia
Escura
Inescapável
E de sentimentos atados
Afundo
Sem nunca ter retornado à superfície

Um ano se passou e ainda estou afogada
Receando mergulhar nas profundezas do seu amor
Joguei-me no oceano do medo
E minha autopunição por te deixar conduz-me à escuridão fria e úmida

Preciso de você
Mas meu orgulho é maior que a dor
É a corrente que me afunda
Destrói-me

Tentei voltar atrás
Mas era tarde demais
E minha autodestruição corrói
Desprovindo-me de qualquer sentimento
Como amar se ainda tenho seus lábios nos meus?

Prometi a mim mesma que não pensaria mais
Que seguiria em frente e faria diferente
Como seguir se nenhum beijo é capaz
De acelerar meu coração como o seu faz?
Se todas as palavras alheias tornam-se fúteis diante das suas
Tão coesas e cultas
Como poesias encaixadas em uma canção
E eu passava a noite inteira só escutando suas histórias
Aventuras
Doçuras de um anjo caído
Ninguém sabe tocar meu coração como você fez
Não há palavras tão doces e suaves como você diz
Não há toque tão intenso
Tão inesquecível como das suas mãos

Não consigo mais lutar comigo mesma
Ainda posso escutar sua voz
Ainda me divirto com nossas conversas
Tenho na memória palavra por palavra

Estou rendida na própria fragilidade
Que o medo criou
E nesse circuito de incógnitas vou seguindo
Sem ar
Cada vez mais frígida
Cada vez mais fundo
Na esperança de mais um ano passar
E meu coração calar
Acalmar
Alguém tão puro como você encontrar
Enfim recomeçar
Meu orgulho matar
Nunca mais errar
E parar de afundar
Enfim Amar

28/02/2002 20h50min

O mergulho

O seu sonho era mergulhar
Sonhou a vida inteira com isso
Chorou tantas noites por não realizá-lo
Apesar das lágrimas nunca desistiu

Enfim o grande dia
Estava tão encorajador
Não se importou com nada
Não havia trajes a rigor
Apenas atirou-se
Com toda força que existia dentro de si
Com toda empolgação

Não havia nenhuma plateia
Este era o motivo de seu mergulho
A água não era como imaginara
Era clara e fria
Congelava aos poucos cada parte do seu corpo
Tentou recuar
Mas nenhum movimento conseguia levá-lo à tona
Apenas afundava
Afundava
Um ponto roxo caía na imensidão azul
Não havia ninguém por perto para trazê-lo de volta

E em seus últimos momentos
Sorriu
Seu sonho estava realizado
E pela última vez na vida sorriu
Sozinho na imensidão
Até cair no solo úmido
Habitado pelos predadores de suas breves heranças
Ali fechou os olhos
Porém o sorriso prevalecera
Agora tinha uma plateia
Não estava mais só

14/12/2002 20h30min

Fecho meus olhos

Fecho meus olhos
Deixo a escuridão me habitar
E tento entender
O que não dá pra explicar
A vida é assim
Perguntas sem respostas
Devemos viver
Sem questionar
Então fecho meus olhos
Deixando a lágrima cair
E desejo tanto que você estivesse aqui
Mas a solidão não pode permitir
Eu vivo uma caixa
De surpresas
Sempre a explodir
O medo me devora
E as surpresas me apavoram
Eu poderia sorrir
Mas não é possível
Eu queria abrir os olhos
Mas não me é permitido
Então fecho meus olhos
Com uma dor no coração
Fecho meus olhos
Olá solidão
Fecho meus olhos
Por isso fecho meus olhos
Eu fecho
Eu fecho
Agora posso abrir
Você está aqui

14/12/2002 22h33min

Por que fostes me deixar?

Eu permaneço aqui sentada
Enquanto o dia se põe
As horas correm
E eu anseio pelo brilho das estrelas

Desejo te sentir
Deliro ao imaginar
Que tu olhas para mim
Em cima das estrelas tu choras enfim

O frio me abraça
E o ranger dos meus dentes se abafa
Você acha graça
E nossas almas se deparam

Sinto-me tão só
E as lágrimas são maiores do que eu
Por que tu fostes me deixar
Para se encontrar com Deus?

Podem achar egoísmo
Mas desejo te ter aqui
A sua hora não havia chegado
Os céus estavam enganados
Preciso da tua presença
Pois com a tua ausência
Meu corpo e minha alma estão afogados

Sinto-me tão só
As lágrimas vão me afogar
Sem ti vivo a chorar

Sinto-me tão só
Será que um dia
Irei te reencontrar?

03/01/2003 20h03min

O tempo e o amor

Faz algum tempo
Desde que nossos lábios
Tocaram-se pela primeira vez
Já não compreendo
O porquê tudo modifica
Complica
Já chegamos ao ponto de contar até três

Tudo era tão perfeito
A magia mais linda
Que fazia arder dentro do peito
A minha intenção não era te deixar
Mas cresceu a vontade de encontrar
Alguém que fosse eterno

O tempo passou
O grande paraíso se transformou
Não sou mais o alguém
Por quem você se apaixonou
Nem ao menos percebeu
Pare e olhe para trás
E veja o que aconteceu

10/05/2003 18h39min

Eterna miragem

Fechei meus olhos à procura de descanso
Mas a única coisa que obtive
Foi tua imagem
Surgindo em minha imaginação
Uma fantasmagoria
No meio da escuridão

Talvez eu seja uma delirante
Ou então
Teu ato amorífico
Foste letal em mim
Pois me tornei amorançada
A ponto de transpor o infinito
E buscar para ti a mais bela estrela

Porém tu desprezaste-me
Feriste meu coração
Fazendo-o derramar lágrimas escarlates
Inundando minha alma

Por que és assim
Tão desilusório
A ponto de atormentar o meu amor?

Abri meus olhos
À procura de delir tua imagem
Porém fora inútil
Tu ainda estavas lá
Como uma eterna miragem

08/06/2003 23h

Não mintas

Olhe nos meus olhos
Diga-me o que consegues enxergar
Não minta dizendo
Que vês alegria
Pois é impossível acreditar

Só eu sei o que há aqui dentro
Há tanta dor
Que meus olhos não são capazes de expressar
A minha alma só pede o teu olhar
Os teus olhos trocam de direção
Ao perceber que os meus olham para ti
Não cometa novamente esta ação
Cada vez que tu foges
Caem lágrimas do meu coração

Fala no meu ouvido
Olha-me e tenta falar
Não minta dizendo-me que a timidez
Irá impossibilitar
Fala-me sobre teus sentimentos
Só tu sabes o que há aí dentro
Há tanta insegurança
Largue isso por um momento
A tua voz muda de tom
Ao perceber que a minha
Direciona a ti
Não cometa novamente esta ação
Cada vez que tu foges
Caem pétalas da minha emoção

08/07/2003 16h15min

Meu quarto

Abri a porta do meu quarto
Tentando me conter
Tranquei a porta do meu quarto
Impedindo alguém de me ver

Mergulhei na cama
Relembrando o que passou
Lutei tanto para construir
Um amor tão lindo que desmoronou

Abri a porta do meu quarto
Tentando me conter
Tranquei a porta do meu quarto
Impedindo alguém de me ver
Liguei o som bem alto
Para garantir que ninguém irá me ouvir

Minhas lágrimas ferem minha face
E meu coração
Não consigo parar de lembrar
Que tudo que vivemos foi em vão

Será que não percebe
O que me fez sentir?
O meu quarto é o único lugar seguro agora
Não quero nunca mais sair
Olhe o que me fez sentir

Abri a porta do meu quarto
Tentando me conter
Tranquei a porta do meu quarto
Impedindo alguém de me ver
Eu aqui só
Em meu quarto
Desejando ter você aqui
Batem na porta do meu quarto
E a esperança de ser você
Faz-me abrir

04/08/2003 20h08min

O que era

O que era insegurança
Hoje me traz fortaleza
O que me trazia desespero
Hoje é pequena lembrança

A cada dia
A cada segundo
Nossas mentes estão juntas
E a cada pensar
Meu coração põe-se a disparar

As palavras
Os sons
Os quais os teus puros lábios produzem
Ficam gravados em meu cognitivo
E tornam-se ecos
Que nunca desaparecem

Tua imagem
Tuas palavras
Atormentam-me
Dia e noite
Sem cessar
E meu coração clama
Implora para te encontrar
Quando isto enfim torna-se possível
Meus sentidos perdem o poder
Meus olhos só enxergam o que querem ver
O teu ser

Minha boca deseja a tua
Como o mar a lua
Aguardo
Então
Tua mão em minha face tocar
Como a lua toca o mar
Enfim descobriremos o que é sonhar
Perdiremos-nos no olhar

Finalmente
O momento tão desejado acontecerá
Guardaremos este segredo
Eu, você e o luar

O que era felicidade
Hoje me traz saudade
O que me trazia lágrimas
Hoje chamo de destino

02/09/2003 15h02min

Jamais me deixe cair

Quando os seus olhos
Encaram os meus
Desvio
Não sei como agir
Tenho medo de encará-los
Pois sei que não saberei controlar minhas ações

Nossos olhares se encontrariam
Você me hipnotizaria
Eu esqueceria o significado
Do correto e errado
Esqueceria a ética
A postura
A razão
Seguiria meu coração
E isso não é do meu agrado
Pois ao escutá-lo
Sofro

Então não me olhe
Não me tente
Não me toque
Não me deixe inconsciente

Quero fechar os olhos
Flutuar até as estrelas
Porém temo abri-los e cair
As quedas são irrecuperáveis
E essa seria fatal

Então não me olhe
Não fale próximo ao meu ouvido
Não me abrace
Se suas intenções
Forem apenas de um amigo
A não ser que segure minha mão
Bem firme
Jamais me deixando cair

09/01/2004 19h

Solidão construtiva

Curto a solidão
Sentada diante das nuvens
Que passam lentamente
Sussurradas pelo vento
Tornando o céu em uma tela
Repentinamente
Desenhos aparecem

Ao cair da tarde
O céu transforma-se em um quadro colorido
O sol pinta raios amarelos
Sobre o azul anil
O crepúsculo dá vida à pintura
Com o seu rosado tom

Meus olhos brilham
Ao ver tamanha beleza divina
Mas o que dói
É que me lembro de ti
Tudo me lembra tua face
Tua imagem
Apareces entre as nuvens
E com o sopro do vento
Vais
Misturado ao branco
Dirigindo-se para longe de mim
Por que estas nuvens não vão embora
E levam para longe tua imagem para sempre?
Deixando o céu e a minha vida
Límpidos
Com apenas uma só cor

Mas se houvesse só uma cor
Não haveria arco-íris
E sem tua imagem
O que seria viver?
O céu sem nuvens
O que seria paisagem?
O dia sem sol
Não haveria amanhecer
Mas por que tudo passa?
Tudo deveria permanecer

16/03/2004 14h30min

Como o meteoro

As lembranças me invadem
Não tenho para onde fugir
Sinto-me em um universo
Onde tudo é deserto
Frio
E sombrio

Na calada da noite
Subo ao meu paraíso
No meu canto encantado
Onde escondo meu sorriso
Observo o escuro e brilhoso céu
Através da minha lente mágica
Observo os desejos do meu coração
Deposito todo o meu amor
Na beleza de uma nebulosa
Choro toda a minha dor
Em lágrimas fingidas de emoção
Ao olhar a beleza do luar

Nesta noite incandescente
Vivo a sonhar como uma eterna adolescente
Sonho com um amor
Que jamais irá me magoar
Assim como o meteoro
Nunca paira no ar

08/07/2004 18h04min

Desejar-te

Desejo-te quase nunca
Pois ao contrário
Eu nunca o teria
E o quase nunca
Mantém-me viva
Pela esperança de
Felicidade momentânea

O nunca me mataria
Destruiria minha alma
Nunca pelo amor seria alimentada
Morreria desnutrida na dor
Sem a luz da esperança
Na escuridão
Na falta de lembranças
No frio inaquecedor
Pela falta do teu calor
Pelo excesso do teu nunca

20/07/2004 13h03min

Tempestade da minha tristeza

A felicidade nunca vem só
É sempre acompanhada da dor
Quando quis ser feliz
Não sabia que o preço era caro
E agora tenho que pagá-lo

Finalmente pude tocar os teus lábios
E escutar tudo aquilo que sempre quis
Porém logo após os raios de sol
As nuvens surgiram e tornaram meu céu sombrio

Fecho meus olhos e sinto nos pés
As gotas da chuva
A tempestade da minha tristeza
Lágrimas escarlates
Sangue da minha alma
Corroída
Que pela saudade
Foi destruída

E quando abro os olhos
Respiro fundo e a esperança acende
Minha aura
Lembrando-a que brevemente
Poderei estar ao teu lado novamente

Então o sol surgirá
Os raios me aquecerão
Assim meus dias correrão

E se me perguntares se quero um fim nisso
Minha resposta é negativa
Pois mesmo que tua presença seja passageira
Tens o poder de curar todas as minhas feridas

20/07/2004 21h20min

Questionar a vida

Achava que viver
Era nos pulmões ar ter
Sangue nas veias correr
Batidas ordenadas no coração
Mas como poderia saber
O que era vida
Se na verdade eu estava morta
Apenas mantida
Na escuridão perdida?

Dizem que chegaremos ao paraíso após a morte
Estão enganados
Alcançamos no momento em que começamos a viver
Viver é ser hipnotizado
Sentir o gosto acentuado do mel no interior da boca
Tirando o ar
O coração bate desordenado
Descontrolado
Esquentando o sangue
Bombeando-o para as veias
Fervendo-as
Deixando todo teu corpo ardente
Como um caldeirão
Borbulhando
Sob uma grande fogueira

Agora sei o que é vida
Encontrei a utopia
Meu mestre
Quem me trouxe
Foi você

06/10/2004 19h01min

Segredos internos

Ninguém nunca saberá
O que se passa aqui dentro
Mas se quiseres
Abro uma exceção

Nunca um alguém terá por completo meu coração
Porém se desejares intensamente
Por ti desisto desta ideia

Jamais serei de ninguém
Porém se mereceres
Mudo meus planos

É só chegar perto
Simples
Mostre-me realmente quem és
Mantenha teus lábios sobre os meus
Mantendo-me viva
Tocando minha alma
Fazendo-me acreditar no inacreditável

Conquista-me
Seja alguém confiável
Faça chover meteoros
Traga a magia
Carrega-me em seus braços
Até a constelação de Órion
Proteja-me com seus dois cães de caça
De todas as dores corrosivas

Prometi nunca pular por ninguém
Sei que a queda pode ser dolorosa
Mas por ti
Quebro todas as minhas promessas

06/10/2004 20h24min

Meu universo

As gotas da chuva trazem lembranças
As quais já não me lembrava mais
Ou talvez não queira lembrar
Por mais que eu tente
Não consigo evitar

Não posso a queda da chuva controlar
Não tenho o poder
De mover os céus
E muito menos proteger
Meu cofre de emoção
Ali guardo com segurança
O universo
E nem mais o profundo verso
Pode descrevê-lo

Tento ser forte
Contudo é inútil
O céu chora por mim
A chuva molha meu sorriso constante
Mas as aparências enganam em um instante

Sou independente e isolada
Assim como Andrômeda
Será que algum telescópio conseguirá me enxergar?
Existe algum astrônomo amador
Capaz além das estrelas notar?
Ou a insensibilidade é global?

No dia que o encontrar
Recuperarei a confiança nos homens
Então não haverá mais chuvas
O sol brilhará enfim
Sem fim

20/12/2004 15h39min

Perseguição

Detesto a existência da ilusão
Ignoro a ignorância
Desafio minha dolorosa imaginação
Morro com minhas lembranças
E ressuscitou através da emoção

Encanto-me com a alegria das crianças
E temo a solidão
Esse céu sombrio me chama
Devora-me com sua escuridão
Persegue-me
Clama por compaixão
Fujo
Escondo-me
Porém minha liberdade é momentânea

A luz do dia se vai
E o frio noturno
Congela-me novamente
Encanta-me
Ilude-me
Corrói-me com tua paixão
E após se vai
Oh dolorosa perseguição!

Atinge-me
Machuca-me
Nada ganha para si
Tudo em vão
Motivos incompreendidos
Do prazer que tens
Em deixar-me
Em prantos
Sobre o imundo chão

09/01/2005 01h16min

Cilada

És como cilada em minha vida
És como jardim de espinhos
Sobre os quais estou caminhando
Descalça
Desprotegida
Talvez eu sangre
Talvez saia intacta

Na esperança de achar rosas
Caminho
Nas asas da ilusão
Voo
Pelas tempestades de lágrimas
Navego
Pelo medo da queda
Temo
E ao olhar os espinhos
Amo
Ao sentir doces perfumes
Sonho
Acreditando que jamais sangrarei novamente
Iludo-me
Ao entregar-me a ti
Carregada de gotas escarlates
Morro

13/08/2005 15h03min

Pare esta noite

Pare esta noite
Gostaria de ficar neste momento
Ainda não sei por quanto tempo
Entrelaçada
Sentindo-me protegida
Nos braços angelicais
Sentindo o toque mais suave
Mais macio

Na boca o gosto doce
Degustando o melhor dos sabores
Apreciando cada movimento
Seduzida pelo envolvimento
Aquecida pelo calor da química perfeita

O olhar
Penetrando na alma
Iluminando cada estrela apagada
Cicatrizando feridas
Trazendo a segurança já perdida
Recuperando o que já estava extinto
Ressuscitando a pureza
A inocência
Aguçando cada sentido

As pontas dos dedos tocando minha pele suavemente
Transformando sentimentos paradoxais
Transcendentais
A voz suave sussurrando palavras mudas
Surdas
Códigos indecifráveis
Músicas românticas inexistentes tocavam
Inescutáveis
Embalavam-nos num ritmo estonteantemente surreal

Minha pele hipnotizava
A reciprocidade era total
Instigava
Com a aurora vieram dúvidas
Incertezas
Que somente o destino poderá retorquir
Irei esperar
Refletir
Sonhar
E tentar não resistir

É cedo demais para afirmar
Contudo irei me permitir

22/02/2008 23h47min

O sono da solidão

Adormecida num grande silêncio
Num curto espaço de tempo
Inclino
Rodeio
Debato-me
Devaneio

A procura de uma entrega doce
Chama-me
Convida-me
Atormenta-me
Encanta-me
Assombra-me
Comove-me
Envolve-me

Na batida acelerada que pulsa
Quente
Vermelho
Intenso

O silêncio é quebrado
Que tortura!
Importunado
Assassinado
Loucura!

Quem me acordas?
És tu desafio? Sr. Obstáculo
Ou és tu solução? Sra. Salvação
O primeiro vive em meus pesadelos
Será que tu vieste me salvar?
Ao contrário, por que então irias me despertar?
Os anjos vieram contigo para me resgatar?

Ao caminhar entre os vales desertos do subconsciente
Rezo na calada da escuridão
No temor do fracasso
Na dor da ilusão
No desejo da liberdade
No clamor por compreensão
Na serena esperança de um dia
Não viver mais sob esta deplorável condição

04/03/2009 20h06min

Nada eterno

Não adianta desviar seu destino
Pois você terá que passar
Pelo que está destinado

Não precisa ter medo no olhar
Pois quando estiver em um tenebroso
E sombrio temporal
Ele logo após irá cessar
Um arco-íris surgirá

Nunca evite a vida
As feridas
O amor
As lágrimas não são amigas
Porém nunca inimigas
Podem curar

Se um dia fraquejar
Olhe para o sol que lhe ensinará
Que quando a chuva cai
Ele desaparece
Pois a chuva o impede de brilhar
Contudo ele permanece confiante
Sabe que nem a alegria
E nem a tristeza
São eternas
E que a chuva em algum momento partirá

Com sabedoria aguarda o momento
Para regressar
Radiante
Forte
Reluzente

Aconteça o que acontecer
Há um dia novo para recomeçar
E se perder os dias de tristezas
Os felizes também não ganhará
Será que vale a pena os dias não viver?
Nada dura para sempre
Exceto o amor

24/04/2009 01h04min

Doce Aventura

Balanço-me forte
Sentindo a força do impulso
A sensação de liberdade
De aventura
Seduz-me

O medo da queda
Impossibilita-me de alcançar as alturas
Entretanto o desejo de provar o perigo
É mais atraente
Divertido
Proibido
Desejando
Impulsiono
Temendo

Seguro com confiança
Tenho o poder de frear
Mas se frear como sentir?
Se resistir
Não terei o deliciar

Decido ir mais alto
Se cair
Só tenho que me levantar

01/05/2009 11h50min

Janela do meu Eu

Olho pela janela
E o que vejo são sombras do passado
Dias que já se foram
Porém de certa forma deixaram marcas eternas

Os sorrisos permaneceram e as lágrimas secaram
Cicatrizes não causam dor
Mas sinalizam mudanças
O solo não é mais liso, sofreu mutações
Essas pareciam deformar a face
Mas a tornaram mais bela
Mais firme

Tudo parecia que ia desmoronar
Mas aos poucos se tornou forte
Quase indestrutível
Mas se fosse tão indemolível
Jamais seriam construídas pontes
E sim muralhas
Essas não trazem segurança
Troia nos concretiza essa sentença
Trazem ilusões de um forte
Que planta isolamento
Que colhe solidão
Amamenta a inteligência
Desnutri o coração
Em uma noite pode ser destruída
Arruinada

As constelações brilham
Enfeitiçam
Mas os satélites são tão robotizados
Que não veem a magia
Benefício do ser dotado de emoção
Máquina não tem coração
Como apreciar então o cinturão?
Capturar dados do incompreensível
Sem os princípios possuídos

Como voar sem asas
Ou criá-las com cera
Finalizar Icaramente?
Ou dar a primazia de alcançar a lua?
De se aquecer na explosão de calor solar?
De derreter as neves zeladas
E libertar a beleza de novas estações
Prisioneiras desde a primeira instância
Sonhar ou dormir?
Prefiro acordar!

08/06/2009 22h03min

A partida de uma avó

Palavras não são suficientes para expressarem o meu pesar
Contudo são as únicas capazes de me confortarem
A saudade será eterna
O amor será sempre infinito
E na memória o riso mais bonito
No coração ficam a dor e o vazio

A vida não é mais tão bela
Perde um pouco o sentido
Posso sentir nitidamente o cheirinho de feijão gostoso
Do tempero único
Feito de amor
Carinho e ternura
E aquela bela mesa de domingo
Nunca mais existirá
Mas o gosto da comida de vó
Sempre ficará no paladar
E o sorriso de menina levada
Eternizará
Pois o rosto da matéria de um ser maduro se foi para sempre
Mas sua presença comigo sempre estará
Vá meu anjo
Voar entre os céus
Brincar entre as nuvens
O céu ganha mais um estrela
Grandiosa
Com um brilho incomum
Quase um planeta
Esplêndida
Quase uma constelação
E quando a dor for insuportável
Posso olhar para o alto e te ver

Descanse em paz
Na mais bela colônia
E leve toda a sua sabedoria e bondade para o outro plano
E qualquer dia a gente vai se encontrar

16/08/2009 16h47min

Sua ausência

Ensinou-me que a vida não é feita de ilusão
Ensinou-me a analisar a vida com outra visão
Mostrou-me a felicidade
Provou-me que o amor entre os seres humanos pode ser grandioso
Uma prova construída ao longo do tempo
Não só por um momento

Trouxe-me o sorriso mais bonito
E a lei da vida trouxe-me as lágrimas magmáticas
Sua presença era ilustre
Matizante
Coloria minha alma
Porém as normas espirituais trouxeram o vácuo
Sua ausência torna a vida inanimada
Insensata
Incompleta
E tornou-se assim
Insubstituível
Invisível
Contudo perceptível

Sua vinda ao mundo foi imprescindível
Mergulhou na aventura
Lecionou coragem
Persistência
Vitória e inocência
Com seu sorriso
Conquistava
Com sua insanidade
Almejava
O perigoso
O desconhecido
A adrenalina
Indômito

Grande guerreiro
Nunca desiste
Não teme a guerra
Enfrenta
Vence
Sua força era brutal
Seu coração sem igual

E sua voz me chamando de lindinha
Nítida
Abrupta, doce
Inesquecível
Ecoável em minhas lembranças
Nunca se esvairá
E todo o nosso passado
Infância extraordinária
Transmite o reflexo uno
Que nas veias posso sentir a cada instante
Raridade na atualidade
Somos abençoados
E só por ter tido o privilégio de te ter em minha vida
Já é uma dádiva
Uma prerrogativa

Agora tudo é insípido
vazio
Saudoso

Tudo foi tão repentino
Chocante
Inacreditável
Que torna impossível o conforto
A aceitação
O fato tem que ser uma negação
Não há fim

Enfim o reencontro existirá
Pois o elo que há
Há de eternizar

04/12/2009 18h38min

Just us

The way you look at me
Kills me
Drive me crazy
The way you touch me
Takes me to the paradise
Keep me paralyze
When you smile
My world stops
Freezes
Freaks
I fly

The way you kiss me
Makes me out of control
Night patrol
Consume my body
And my soul
Bringing me to another level
Where no one else can reach
Just me
Just you
Just us
Under the sea
Beyond the clouds

When we become just one person
The room turns into the galaxy
I can open my eyes and see the stars
The brightness
The planets
So colorful
So wonderful
So you
So me
So us

Suddenly I wake up
I have to go
I don't want to
But I need
It doesn't matter
I still can close my eyes
And touch you
I can feel your flavor
In my lips
I can still listen to your heart
Beating so fast
Like a song

You can still turn me on
In my dreams

When I open my eyes
I will miss all those feelings
But the sea waves are going to keep them alive

20/04/2010 16h20min

Castelo

Um castelo
Uma estrutura
Um dia fora morada
Hoje ruínas admiráveis
E cada rocha é parte de uma história a se contar
Pássaros sempre o rodeiam
Talvez atraídos pela sua energia misteriosa
Sua cor antiga
Sua arquitetura magical
Quantos corações partidos
Já o admiraram com os olhos de tristeza
E quantos olhos de felicidades
Apaixonados
Já o olharam em correspondente paixão

Há tantos ângulos diferentes para olhá-lo
Há tantos sentidos múltiplos para senti-lo
As flores, árvores e fontes ao seu redor
Enaltece
Magnetiza

As pessoas ao seu redor não percebem
Não idealizam as histórias
Não sentem as rochas
Tão belo

Outrora luxuoso
Agora simplicidade
Invenção antrópica
Complementada com a divina
Materializado pelo cérebro
Apreciado pelo coração
Visitado pelos fúteis
E poetizado ao escutar uma canção
Dos que o enxergam com lágrimas de solidão

01/06/2010 16h30min

Sentada em frente à Catedral de Palma de Mallorca.

Regrets

My regrets are my scars
It is bleeding until death
I am in coma
I cannot stop regretting
Is it all my fault?

Why did I do those things?
I were not myself
You do not know me
I did not let you know me
I were so scared
You could not see
I seemed so brave
I am not
I am a mouse
So ironic
I were trying to hurt you
It was not on purpose, though
I just hurt myself
So puzzling

I am sure it is not love
Love is beautiful
It is so ugly
Love is the cure
It is my punishment
Love is so hot
I am so cold
Love is happiness
I am depressed
Down
Blue

I am harvesting what I planted
So deserved
For both of us

You were pointless
So why I cannot pull you out?
I am wasting my energies
My good vibe
What for?
For nothing

Go away
Get out
Last call
You lost me
I lost you
Nobody lost anything
Both lost
You
Me
Us
There were no us
Just me
Just you
Loss
Immaturity
Pride
Dishonesty
Such a lie
So pure, though
So true
So intense
I cannot remember
Get out
Go away
Go away
Loss

15/09/2010 20h33min

My regret

You are driving me crazy
Chasing my thoughts
My mind
Destroying my emotional
My balance
My boundaries
My control
Confusing my feelings
Like a virus
Impertinent
So cruel
So complex
Toxic

I am desperate
In a vain
In the dark
Inside a bubble of regrets
And I cannot get out
I try so hard
But it is impossible
It is like a spider web
I am dying little by little with your poison
Am already dead?

I scream
Nobody listen to me
Nobody understands
I need help
Self help
I try so hard
But it is impossible

Looking for a solution
Seeking for a prescription of forgetting
I cannot let it beat me
I have to fight with myself
To be able to snatch you from my heart
From my senses
My skin
My desires
My dreams
From all of me

Go away
Never come back
You did a lot
You did nothing
You did not amount to much
Get out here
You have never stayed
Me neither

15/09/2010 21h17min

A partida

Posso parecer que estou fugindo
E não posso afirmar que não estou
Partir é sempre doloroso
Para quem vai e para quem fica
Posso ter perdido a sensibilidade de chorar
Mas as lágrimas que não caem
Tornam-se pedras
Que ferem por dentro
Que nos acompanham

Vivo partindo
Não sei qual é o verdadeiro motivo
Querer partir ou ter medo de ficar
O mundo me chama
E o medo me expulsa de onde estou
Sou mais corajosa para ir do que para ficar
Isso é coragem?

Não posso ter a certeza que voltarei
Mas sinto que vou
Talvez meu destino seja aqui
Talvez crie raízes
Talvez minhas sementes sejam plantadas em outro lugar
Talvez haja solo mais fértil em um mundo ainda desconhecido
Ou o solo fértil é este o qual estou pisando

O destino é tão surpreendente
Tão incerto
Porém sei que me conduzirá a um lugar seguro
Onde poderei finalmente pousar e criar meu ninho

O momento de dizer adeus apunhala
Fere
Mas será um adeus com esperança de até breve
De um dia quem sabe
Talvez

Não espero que alguém me entenda
Nem eu mesma às vezes me entendo
Entender e sentir são antônimos
Galáxias distantes
Antagônicos

Sigo andando entre os deuses e demônios
Entre jardins
Miragens
Paraísos inimagináveis
Anjos de luz e escuridão
Felicidade extrema e solidão
Andando lado a lado
E um dia quem sabe
Não sei

16/02/2011 23h27min

A conquista

O que é conquistar?
Perdeu-se o sentido

Ninguém enxerga
Ninguém mais vê
Ninguém mais sente
A facilidade dominou o instigante
O jogo
O querer

A sensualidade venceu a pureza
A inocência
O saber
O desejo anseia
Saliva
Mas os comandos estão freados
E as máquinas aceleradas
O corpo grita
Clama
O orgulho silencia
Bloqueia
E essa luta não tem fim
Desequilibra
Desestrutura
E cada vez mais se torna banal

18/03/2011 12h14min

Depressão

Escuto as pessoas falando sobre depressão
A depressão não se descreve
Não se relata
Não se explica
Se sente
Invade-nos
Corrói

Como um vício letal
Estraçalha a felicidade
A energia vital
Assassina a coragem
Alimenta o medo
Vai derretendo aos poucos
As pontes gélidas
Que conduzem os sentimentos ao coração

O sangue enrijece nas artérias
A fraqueza o bloqueia
As artérias protestam
O corpo padece
Os olhos perdem o brilho
As mãos perdem o calor
O toque

A palidez devora o sorriso
A monotonia perde o entusiasmo
E impulsiona a solidão
Dá asas ao cansaço
Extinguindo a emoção

Não há elixir
Só o resistir
Só nos temos o poder
De derrotá-la
Ou permiti-la
A nos persuadir

02/05/2011 23h36min

As águas dos oceanos

Há no mundo lições
Que só os oceanos podem ensinar
A correnteza poderá levar-te a um solo seguro
Ou ao vago
Ao obscuro
Confiar nas águas significa ter fé
Esta te fará caminhar sobre essas
No momento em que tudo parecer perdido

Dentro delas
Mistério
Medo
Desconhecido
Desespero

Sob ela
Magia
Paz
Calmaria
Encontro com si mesmo
Encontro com Deus

Confiando nelas poderá alcançar a um paraíso
Ou regressar ao ponto de partida
Onde quer que elas te conduzam
Este será o seu tão almejado lugar

14/12/2011 20h30min

Interior

Navegar é imprescindível
Navegar é encontrar-se consigo
Entregar-se ao desconhecido
Enfrentar o pior inimigo
E ter que vê-lo refletido nas águas
Ao mirá-las

É desafiar os valores adquiridos
Porém sem perdê-los
Mas fundi-los com os novos surgidos
Tais valores poucos conhecidos
Somente obtidos pelos loucos
Pelos aventureiros
Pelos considerados sem rumo
E seguindo sem rumo
Encontra-se o que poucos têm acesso
A si mesmo

Nessa via intensa e vazia
Transbordam diversos raros conhecimentos
Contudo poucos se importam
Não querem aprender
Só enxergam futilidades
Plantam egoísmo
Sementes materiais
Plantam bens sem sentimentos
Objetos sem coração
E possuindo toda a riqueza ainda se sentem ocos
Incapazes de suprirem o desconhecido interior

23/12/2011 19h13min

Setting free

I have been thinking of my life
Feelings I left behind
Steps I did not take
Decisions I did not make

It is time to remember the moments lived
Even the most difficult ones
Those that bring pain
That hurt my heart and my soul
It is time to let them go
Take the lessons and moral
And save them in the deep of my brain

Time to clean my heart
To set it free
I need to heal its breakness
And wash the sorrows with my tears
Once it cleaned it may shines
So I will be able to turn the light inside
End the darkness that blocks my happiness
And make me, finally
To see the colors exposed
Beyond myself
Inside somebody else

02/01/2012 18h13min

24 hours

24 hours
1440 minutes
It would never cross my mind
They would change my life
For the first hours
I thought you were
Just one more human being
One more nice friend
The hours went so fast
Suddenly
Under the moon
Your eyes shined like the stars
In few seconds
I was hypnotized

24 hours
Your questions
Opened my soul
You found out
Things about me
That nobody has never been interested for

1440 minutes
Our conversation
Your voice
Rocking me
Inundating me

24 hours
I tried to run away
It was too crazy
Impossible feeling
I felt
Though
I could not escape
Your voice did not let me

24 hours
When the sun
Finally rose
I was sure
That it was time to go
I could not step forward
Too dangerous

The sunlight shone on us
So pure
So innocent
For a minute
I wished I could step
My mind said no
Even though my heart saying yes
I tried to be strong
Now my strength became my weakness
I cannot stop thinking of you

24 hours
So coward
So wise
So stupid
So realistic
Why I cannot dream?
Do I need wings to fly?
Where are them?

After 1440 minutes
I had to say goodbye
Now everything is so real
No magic
So life
So robotic

You will never know
What you brought to my life
You made the sun melt my ices
You warmed my mind
You brought my peace back

You showed me how to fly
Although you kept my wings
Every day I close my eyes
I can feel the sky
Then I fall when I wake up

I may never see you again
Nonetheless I will always know
That my wings will be safe

If I see you one day
Give me them back
So I can see the world
From the top one more time
In a different way
More than 24 hours
I promise I will stay

27/01/2012 22h11min

Porto de Idéias
EDITORA

www.portodeideias.com.br